올해<del></del> 365일 함께해볼까요?

2024
틴틴팅클
애착일력

초판 1쇄 인쇄 2023년 11월 1일
초판 1쇄 발행 2023년 11월 8일

지은이 난
펴낸이 이승현
출판1 본부장 한수미
컬처 팀장 박혜미
편집 김수연
디자인 신나은

펴낸곳 ㈜위즈덤하우스 출판등록 2000년 5월 23일 제13-1071호
주소 서울특별시 마포구 양화로 19 합정오피스빌딩 17층
전화 02) 2179-5600 홈페이지 www.wisdomhouse.co.kr

ⓒ 난, 2023

ISBN 979-11-6344-162-5 02810

벌써 새로운 한해가
다가왔습니다.

언제 이렇게 시간이 흘렀는지
허무하고 아쉽기도 하지만

가만히 들여다보면
하루하루가 소중했던 날들뿐 입니다.

치열했던 날들도 언젠가
거름이 되겠지요.

매일 오는 오늘이 조금이라도
특별해지길 바라는 마음으로
일력을 그렸습니다.

2024년을 틴틴팅클로
맞이해주셔서 감사합니다.

 난

© X luv_nan2

난
글·그림

좋아하는 속담은 '고양이 달걀 굴리듯'.
사람에 대한 따뜻한 시선이 담긴 이야기를 쓰는,
재치 있는 사람이 되는 것이 꿈입니다.

인스타그램과 트위터(현 X)에서 공감 가득한 학창 시절 이야기를
고양이 캐릭터로 그린 만화 「틴틴팅클!」을 16만 명이 넘는
팔로워의 사랑을 받으며 인기리에 연재 중이다. 2019년 네이버웹툰
루키단편선에서 단편 「고양이편의점」으로 우리 이웃의 가슴 따뜻한
이야기를 고양이 캐릭터로 풀어내어 많은 찬사를 받았다.

틴틴이의 애착 담요처럼 하루를 포근하게 덮어주는 단어들로 매일 나의 행복을 찾아봐요. 1월은 마음가짐, 2월은 소중한 것, 3월은 추억, 4월은 함께, 5월은 장소, 6월은 여행, 7월은 음식, 8월은 행동, 9월은 취미, 10월은 기분, 11월은 따뜻함, 12월은 위하는 말로 월별 테마에 따른 틴틴팅클 친구들의 365가지 메시지가 기다리고 있어요.

특히 12월은 말풍선으로 마음을 전할 수 있는 메시지 테마로 꾸몄어요. 사랑하는 이에게 응원이 필요한 날 뜯어서 건네보세요.

할 수 있는 만큼 한다.

다 ~ 🕐
지나간다

2024
베리의 각오

하고 싶은 것

하고 싶은 게 정말 많아!
다 해볼 거야!

휴가중

내 생일!

캐릭터소개

틴틴
소심하지만 착한 고양이

내성적이고 걱정이 많지만,
생각이 깊어 친구들을 잘 챙겨준다.
지금은 엄마랑만 살고 있다.

팅클
적응력 만렙, 위풍당당 고양이

COOL~한 성격의 팅클.
친구들에게 인기 만점! 장난치는 게 제일 즐겁다.
마음으로 낳아주신 부모님과, 동생이 있다.
틴틴이에게 제일 친절하다.

콩몰
어디서나 공손해요~

넉넉하지 않은 집이지만 할머니, 엄마와 함께
행복한 날을 꿈꾸며 살고 있다.
희망이 많은 고양이이다.
누구보다도 강한 마음을 가졌다.

베리
동생을 잘 돌봐주는 책임감 강한 언니.
손재주가 좋고 똑 부러지는 성격이다.
하지만 사실 마음이 여리다.

듬직한 언니 고양이

미니
엉뚱발랄 동생 고양이

실수가 많은 동생.
낙천적인 성격이지만 눈물이 많다.

DEC **31** TUE

건강하고 행복하세요~
2025

소망하는
모든 일
이루세요

친구들...

먹는 게 제일 좋은 고양이!
팅클이와 같이 맛있는 음식을
먹으러 다닌다.

 마로

사랑이 많은 고양이
팅클이를 짝사랑하고 있다.

 멍뭉

공부를 잘하는 반장 고양이.
하지만 집안의 분위기 때문에
공부에 강박이 있다.

 석기

베리의 친한 친구.
항상 밝게 웃고 있다.
친구를 잘 이해해준다.

 홍시

사랑을 듬뿍 받고 자란 외동
'설기'와 삼 남매 중 둘째인 '임자'
둘은 제일 친한 사이다.

 설기 **임자**

예체능에 뛰어난 재능을 가진
천재 고양이. 예민한 성격이라
항상 털이 살짝 서 있다.

 시루

가족들!

틴틴이네

아빠　엄마　사촌동생(쌍둥이)
　　　　5살 2살

팅클이네

아빠　엄마　동생

콩뭉이네

할머니　엄마

상반기

1월 1일 ~ 6월 30일

DEC **29** SUN

알게 모르게
올해도 성장했어

신정

JAN 1 MON

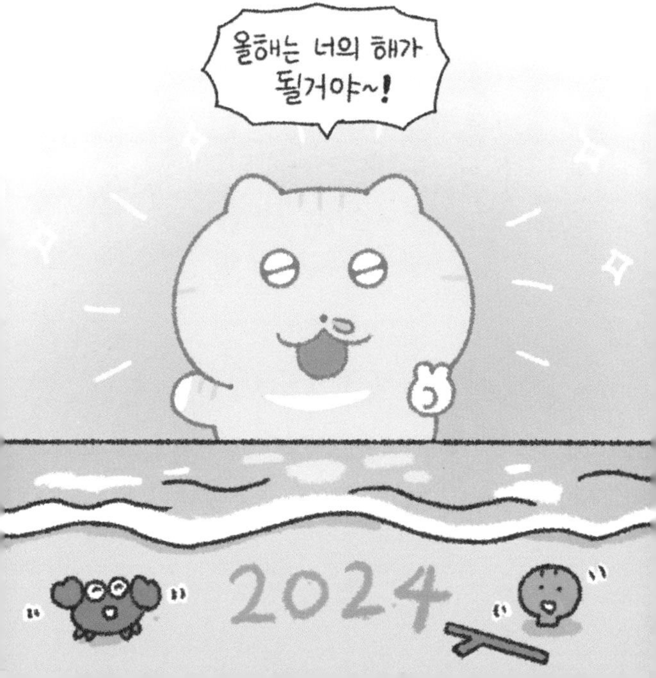

DEC **28** SAT

정리

미뤄온 일들을 해보는 하루야

DEC 27 FRI

다들 마음속엔
어린 부분이 있어

JAN 4 THR

계획

작은 목표부터 천천히 세워보기로 해

JAN **5** FRI

즐거움

바쁘고 힘들어도 유머를 잃지 말자

못해도 괜찮아
시도한게 멋져!

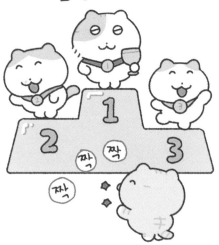

JAN SAT

소한

씨~익…

복 기다리는 중…

웃음

웃으면 복이 온대

DEC **23** MON

JAN 7 SUN

자신감

누가 뭐래도 멋진 나를 믿어!

DEC 22 SUN

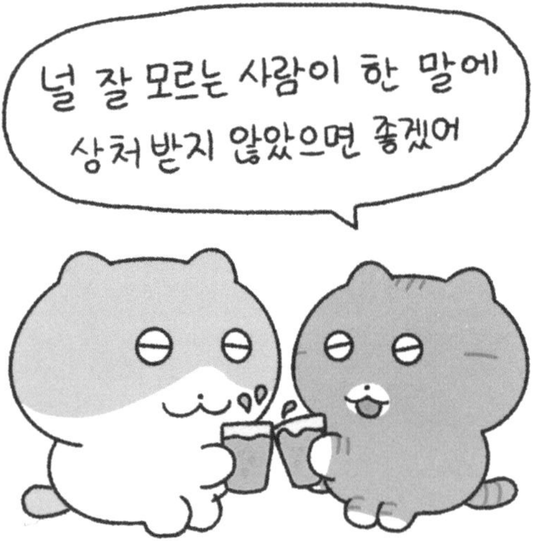

너그러움

오케이~ 복잡하게 생각 말고 쿨한 하루 보내

DEC **21** SAT

기준

각자의 기준은 달라. 네 페이스로 가봐

JAN **10** WED

선행

아무도 모른다 해도 나는 아니까!

DEC 19 THR

실수

걱정하지 마. 다 그래

좋아하는 게 있다는 건 대단해

취미
나만의 안식처를 찾아보자

DEC **17** TUE

JAN **13** SAT

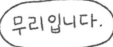

거절

때로는 단호하게 거절할 용기도 필요해

JAN **14** SUN

제가 다 들어줄게요.

경청
오늘, 네 마음은 어때? 여기 작게 적어봐도 좋아

JAN **15** MON

침착
급할수록 돌아가라는 말도 있잖아. 심호흡 한 번 하고 생각해!

DEC **14** SAT

배고파서
예민한 걸 수도
있어.

창의력

무한한 상상은 평범한 일상을 새롭게 즐기게끔 해줘

DEC 13 FRI

JAN WED

자립심

스스로를 도울 수 있는 건 나뿐이야

DEC 12 THR

JAN **18** THR

고민

잠깐 내려둬~ 쌓아두면 독이야~

JAN 19 FRI

평온함

그럴 수도 있지~

DEC **10** TUE

설렘

심장 소리가 크게 울리는 이 소중한 감정을 느껴봐

DEC 9 MON

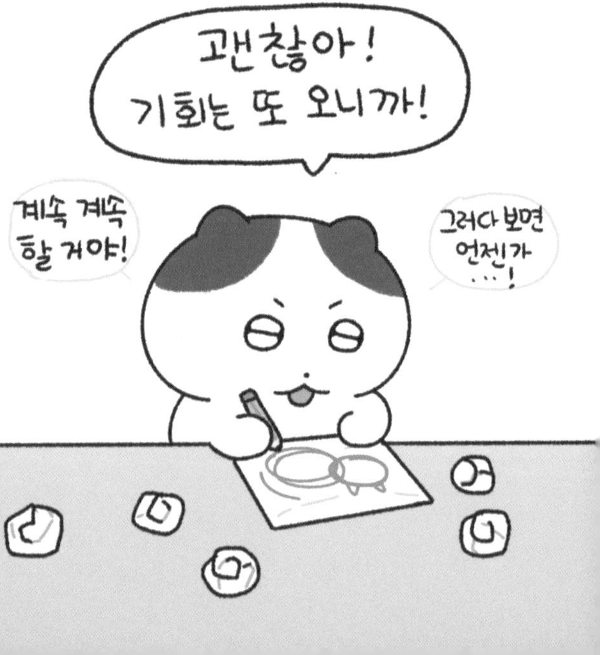

도움

주변 사람이 기뻐하면 결국 내 기분도 좋아지는 마법

JAN 22 MON

야호~

성취

하기 싫은 일들도 참고 해낸다면
마침내 얻을 수 있어

대설

DEC **7** SAT

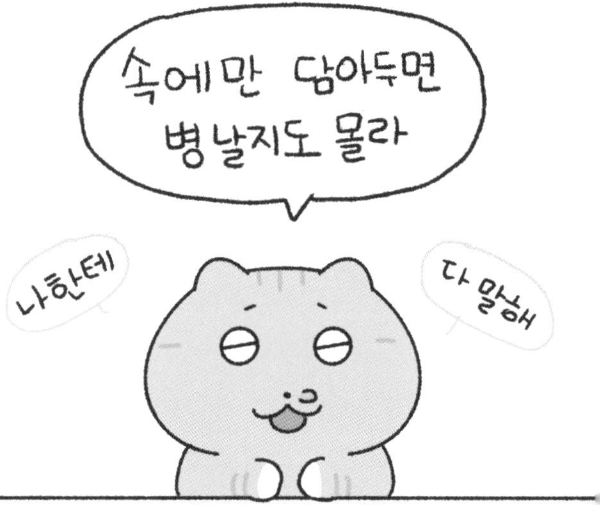

책임감
고단한 삶 속에서 다시 살아갈 의욕을 주기도 해

DEC 6 FRI

JAN **24** WED

긍정

세상에서 가장 큰 무기가 되어줄 거야

무역의 날

DEC 5 THR

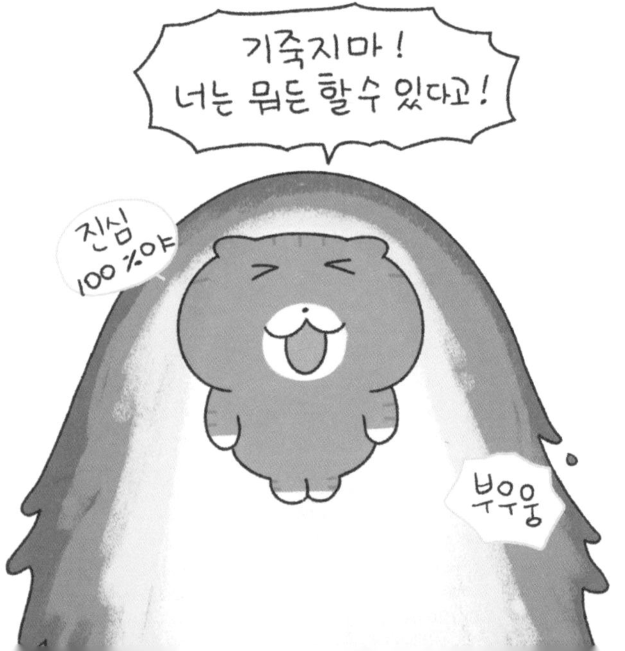

진심

마음을 전달해보자. 짧고 굵게

DEC 4 WED

둥실 둥실

멍

가끔은 흘러가는 대로 몸을 맡겨봐

DEC 3 TUE

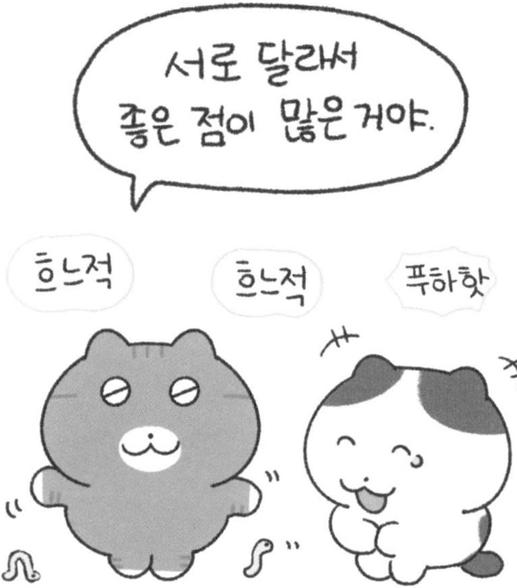

JAN **27** SAT

실패

괜찮아. 다시 기회는 오니까

DEC 2 MON

좋은 날일 거라고
하루를 시작하면
정말 좋아질 거야

쉼표

오늘은 쉬기로 계획했어

DEC 1 SUN

29

JAN MON

씰룩 씰룩

칭찬

칭찬은 고래도 미니도 춤추게 해

NOV **30** SAT

소원
내년에도 우리가 같이 보낼 수 있기를 바라

어린 마음

지극히 감정에 솔직해져 보는 하루는 어때

NOV **29** FRI

내복

멋 부리는 것보다 따뜻한 게 우선!

지금

오늘은 다시 오지 않아! 귀하고 소중한 하루 보내~

데이트

딱 붙어 있을 수밖에 없지?

온기

손잡으면 우리의 온도는 같아

NOV **27** WED

발자국

뽀득뽀득 소리를 들으면 왜인지 편안한 마음이 들어

저금통

하나둘 쌓이는 걸 보니 즐거워~ 꽉 채우면 뭐 하지?

3

FEB   SAT

군것질
일단 기분이 건강해졌어!

귤

노란 나도 사랑해줘

아침밥
챙겨 먹으면 하루 시작이 든든해져~

NOV 24 SUN

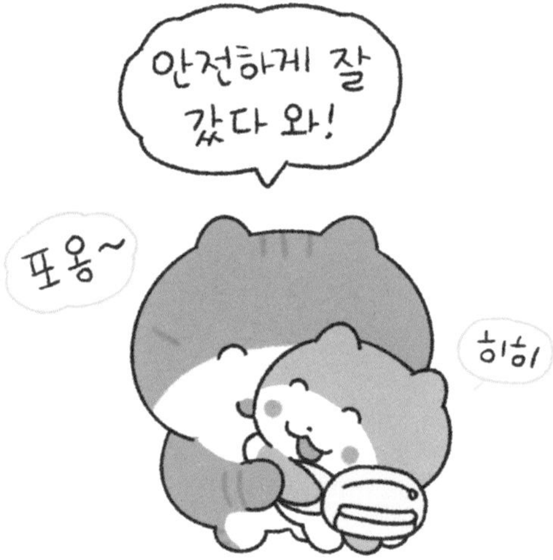

껴안기

더 꽉 안아줘~

FEB **5** MON

낡은 것

오랫동안 나랑 함께한 흔적이야

시간

나와 같은 시간을 살아줘서 고마워

FEB 7 WED

붕어빵

어떤 맛을 좋아하든, 어디부터 먹든 한곳에서 파는 걸

방바닥

눌어붙어 있는 하루

FEB **8** THR

함께
웅니랑 이것두 저것두 다 같이 하구 싶단 말야

핫초코
추우니까 핫초코를 꼬옥 쥐어

휴식

잊지 말라구! 바쁘게 살다가 쉬면 더 꿀맛이라는 걸~

영화

추운 날엔 집에서 좋아하는 영화 보면서 힐링하자

FEB **10** SAT

관심

아주 사소한 관심에도 행복을 느낄 수 있어

음식
세상엔 맛있는 게 너무 많아~ 체하지 않게 꼭꼭 씹어!

한식
여름에도 겨울에도 최고구나

대체 휴일

FEB 12 MON

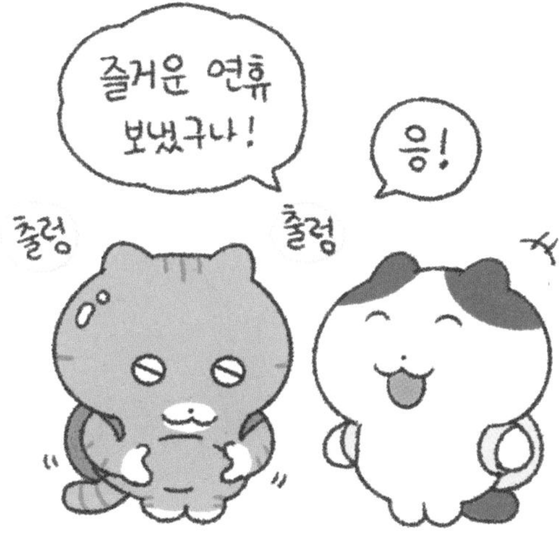

쉬는 날

동그래진 얼굴이 잘 쉬었다고 말해줄 거야

NOV 16 SAT

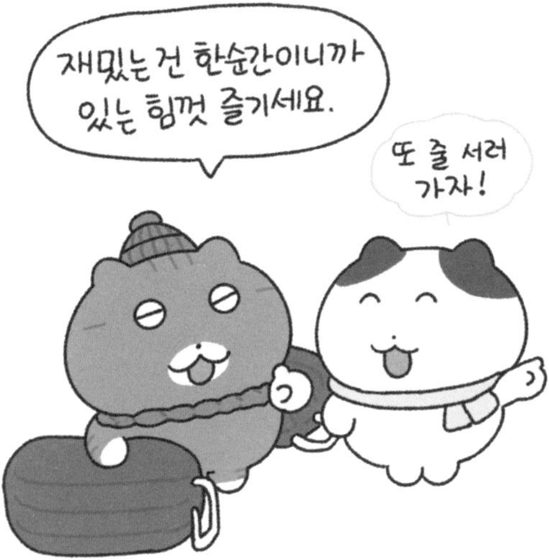

썰매

기다림은 길고, 내려가는 건 순식간이지

눈사람

내년에 또 만나자

NOV **15** FRI

난로
마시멜로 하나씩 꽂아 왔어 잘했지?

FEB **14** WED
·밸런타인데이

초콜릿
맛있다는 핑계로 마음을 전해

대학수학능력시험

NOV **14** THR

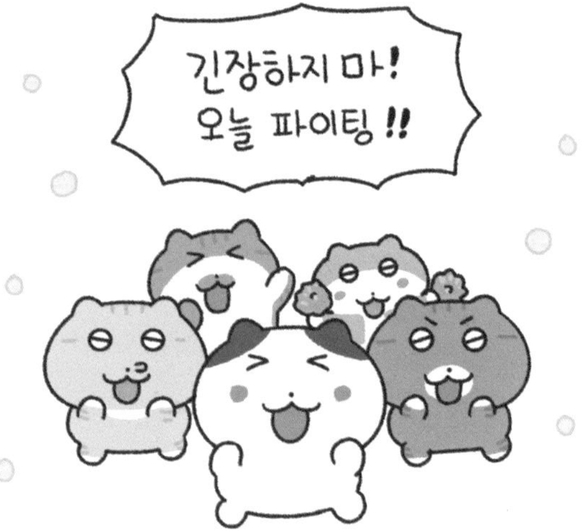

수능

그동안 정말 고생 많았어

FEB **15** THR

화분
잘 자라고 있는 너희들을 보면 마음이 편안해져

찰싹

옹기종기 붙어서 서로 의지하는 날

FEB **16** FRI

후룩

후룩

어묵

이따가 하나 먹고 가자!

함박눈

소복이 쌓인 눈을 보면 편안해져

FEB 17 SAT

선물

나를 떠올려준 것 자체가 감동이고 선물이야

우와 ~
빼빼로 할인하는
날이다 ~!

동심
즐길 수 있을 때 즐기는 거야!

FEB **18** SUN

보고 싶었어.

인형

말 안 해도 다 이해해주는 친구

장갑

한쪽씩 나눠 낄까?

FEB

우수

19

MON

이불 속

밖은 추우니까 이곳이 더 소중하게 느껴져

첫눈

아이들이 즐겁다면 하루쯤은 괜찮아...

일상

평범한 하루하루를 유지하는 것만으로도 대단한 거야

마음
밖이 아무리 춥더라도 네 덕분에 항상 따뜻해

입동

NOV 7 THR

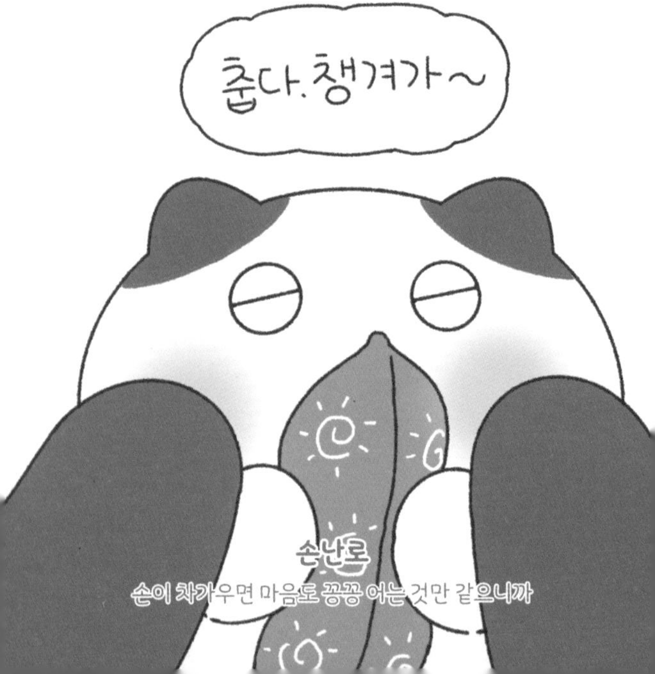

손난로

손이 차가우면 마음도 꽁꽁 어는 것만 같으니까

FEB **22** THR

후-후~

라면

기다림
그 끝에는 기쁨이 있을지니!

군고구마

후후~ 하면서 반 나눠 먹자

미소

서로 미소를 나누는 멋진 하루 보내~

소상공인의 날

NOV **5** TUE

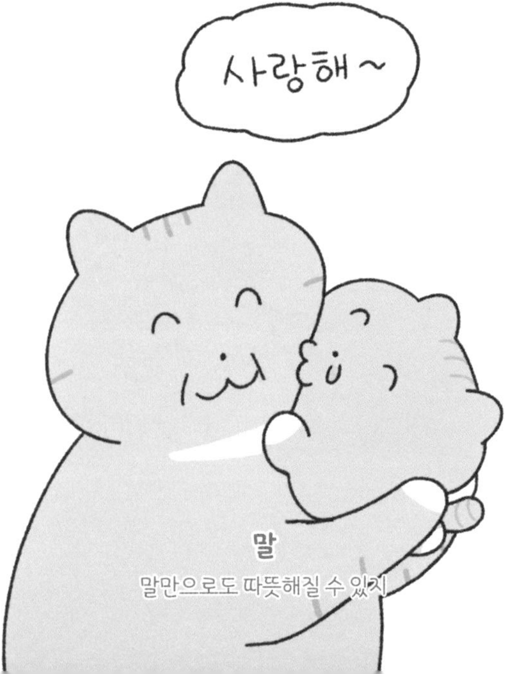

말

말만으로도 따뜻해질 수 있지

정월 대보름

FEB **24** SAT

보름달
함께 있는 사람이 소중해지는 밤

FEB **25** SUN

보물
누가 뭐래도 내겐 가장 아끼는 거야

NOV   **3**   SUN

스웨터

입으면 포근하고 따뜻한데 동그래져

베리 ―

베리 ―

변화

달라지는 것은 막을 수 없어! 오늘 하루를 소중히 보내자

NOV 2 SAT

꼬옥 잡아줄게~!

손잡기
우리와 함께면 다 이겨낼 수 있을 거야!

FEB **27** TUE

감사
소소한 것에도 감사하다면 행복은 멀지 않아

목도리

목이 따뜻하면 몸 전체가 따뜻하댔어

FEB **28** WED

보물상자
부끄러웠던 기억도 내 성장의 경험이야

감성
낙엽만 굴러가도 웃음 날 때가 있었지

FEB 29 THR

용기

이 세상 최고는 너야! 힘을 내!

OCT **30** WED

소신

우물쭈물해도 네 의견이 있다면 돼

MAR

삼일절

1

FRI

독립

대한 독립 만세!

OCT **29** TUE

단호함

객관적으로 판단해봐

입학식

누구에게든 다 처음은 있으니까

깨달음

그 경험으로 얻은 깨달음이니 더 이상 생각하지 않겠어

꽃놀이
예쁜 것도 함께 보고 싶어

OCT **27** SUN

아쉬움

왜 즐거운 시간은 빨리 가는 걸까~ 아쉬워

OCT **26** SAT

쿨함

기분이다! 오늘은 다 봐줄게~

MAR

경칩

5

TUE

전화

사랑하는 마음은 언제나 그리운 거야

독도의 날

OCT **25** FRI

보호

독도는 우리 땅

준비

가끔 잊어도 돼 (정말?)

마니또
놀라고 기뻐할 네 표정을 생각하면서~

이불에서
햇빛냄새가 나.

포근함

햇볕에 말린 뽀송한 이불 포근해진 내 마음

꽃다발
꽃처럼 활짝 피는 네 얼굴을 보고 싶어

공포

허락받는 것보다 용서받는 게 쉬워

장난

언제나 선을 지켜서…!

OCT 21 MON

경찰의 날

슬픔

슬픈 마음을 애써 누르지 마

MAR **10** SUN

풀썩~

완벽

무너지는 날도 있어야 완벽한 날도 찾아와

희망
근거 없는 자신감이 드는 날

점심시간
언제까지고 기다릴 거야

MAR

12

TUE

우유

우유 먹는 요일은 왠지 기분이 좋더라고!

OCT **18** FRI

그리움
마주볼 수 있다는 건 행복한 거야

MAR **13** WED

등굣길

지각도 경험이야~

OCT **17** THR

부러움

남들이 좋아 보인다고 내가 못난 게 아니야

14

MAR THR

사탕

아닌 척 마음을 표현해봐

두근

두근

짝사랑

마음은 내 뜻대로 안 돼

OCT **15** TUE

지루함

지루한 걸까 평온한 걸까? 좋게 생각하자

반려

같은 시간 속에서 함께 쑥쑥 성장해보자

OCT **14** MON

무엇이든 이겨내는 슈퍼맨

걱정

넌 어떤 것이어도 이겨낼 테니까 걱정하지 마!

비밀쪽지
별거 아닌데도 웃겼던 날을 생각해

OCT **13** SUN

밖에서
기분 환기 중~

우울
누구에게나 찾아와. 오늘은 환경을 바꿔보자

MAR **18** MON

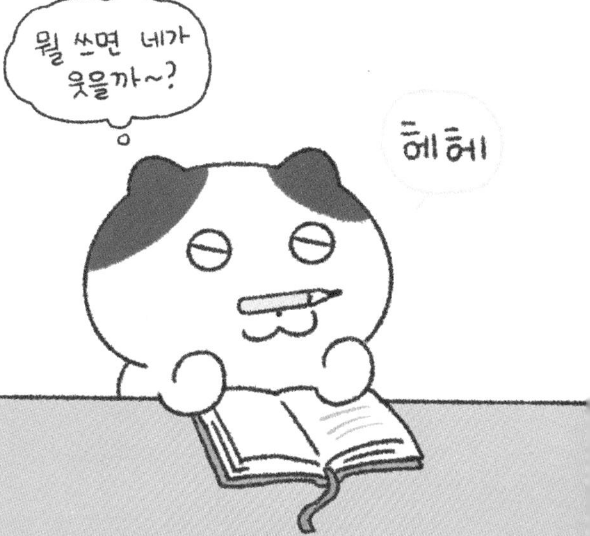

교환일기

꾹꾹 눌러 담은 너와 나의 일상

홀가분함
오늘 할 일을 다 끝내고 누우면 이 기분이 될 거야~

이웃

정겨운 사람도, 고마운 사람도 있었어

OCT **11** FRI

활기

지금 기분이 어떻든, 일단 오늘은 에너지 넘치게 보내자!

춘분

MAR **20** WED

반쪽

낮과 밤의 길이가 같은 춘분처럼 우린 조화롭게 어울려

떨림
가슴 속 떨림을 따라가 보자

MAR 21 THR

우산
생각해주는 마음이 다 보이는 날

OCT WED

한글날

9

자랑스러움

세종대왕님 정말 감사합니다!

수업 시간

너랑 먹으면 왜 이렇게 다 맛있지?

OCT

한로

8

TUE

두려움

무섭더라도 하고 싶은 일은 도전해보자

강아지

모습이 달라도 우리는 친구야

OCT 7 MON

든든함

두둑이 먹었으니, 본격적으로 시작해볼까?

대화

들어주고 말해주며 너의 비밀을 알아가

OCT **6** SUN

피곤함

열심히 했다면 꼭 휴식이 필요해

MAR **25** MON

댄스

댄스

열정
해보고 싶은 건 일단 도전해봐~

OCT **5** SAT

미안함
자존심 따위는 세우지 말자

MAR **26** TUE

연습

분명 열심히 준비했을 거야

OCT 4 FRI

꼬옥~

다정함

내 옆에 있어줘서 고마워

공감

소중해서 더욱 잘 느껴져

개천절

OCT 3 THR

만약
내가 하루아침에 곰이 된다면?

하굣길
씽씽 쌩쌩 가벼운 발걸음~ 빨리 와~!

노인의 날

OCT 2 WED

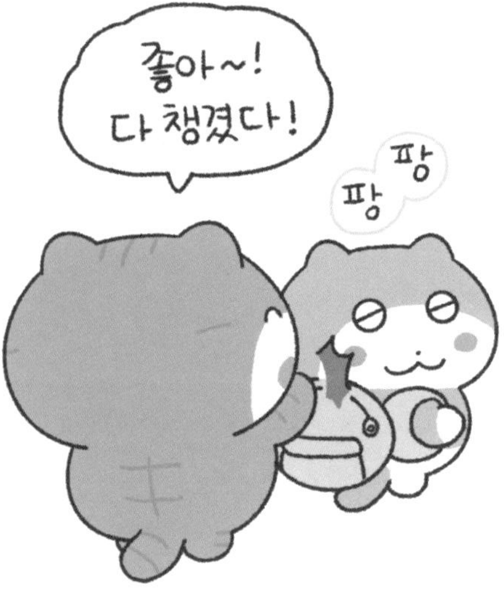

안심

꼼꼼히 확인하는 습관은 좋아

MAR **29** FRI

우리

10년 뒤에도 똑같을까?

고마움

아직 전할 수 있을 때 말해보자

병문안

네가 있는 게 당연해졌나 봐. 그러니까 건강하자!

눕기

제 취미는 꿈나라 여행이에요. 헤헤

MAR **31** SUN

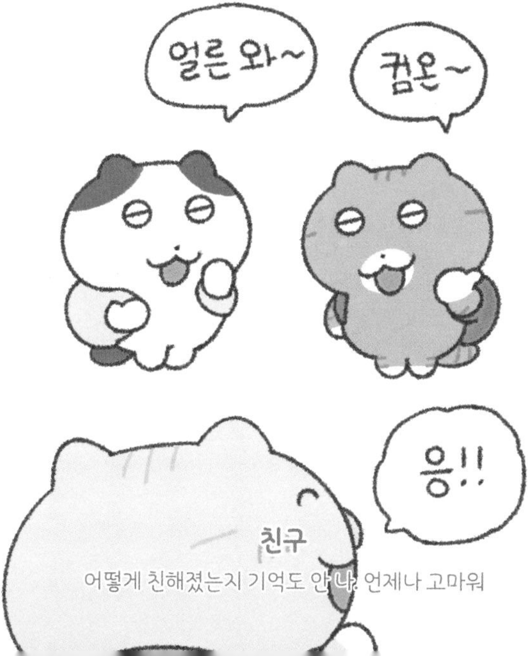

친구

어떻게 친해졌는지 기억도 안 나. 언제나 고마워

SEP **29** SUN

만화 보기

오늘 하루의 엔딩은 주인공인 내가 정해!

소중함
가끔은 귀찮아도 없으면 안 돼

글쓰기
쓰고 싶다는 생각이 들면 일단 펜과 노트를 들어봐!

APR **2** TUE

책상 밑 간식

나눠 먹으면 기쁨은 두 배, 칼로리는 절반!

SEP **27** FRI

스스로
하고 싶은 공부가
하나쯤은 있을 거야

공부

취미로 공부하면 재밌을지도…?

4.3 희생자 추념일

APR **3** WED

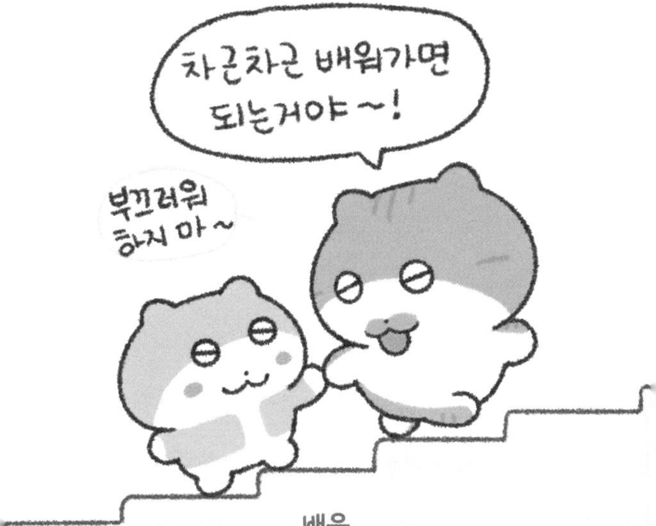

배움

몰라도 다시 차근차근 해보면 돼

SEP **26** THR

연주

악기를 배워두니 이럴 때 좋구먼!

APR 청명 4 THR

맑은 하늘
날이 좋아서 어디든 갈 수 있을 것 같아~

SEP 25 WED

널 지켜주는
마법을 걸었어

그림 그리기
다 개성이 있는 걸. 못 그린 건 없어

식목일 / 한식

5

APR   FRI

나무
하늘에 닿을 만큼 쑥쑥 자라렴~!

SEP **24** TUE

퍼즐

비어 있던 자리가 딱 맞아떨어지는 기분

APR **6** SAT

축하

진심으로 축하한다면 즐거움은 2배

뜨개질
한 땀 한 땀 내 손으로 만들었지

행운
아마 널 만난 게 내 행운 아닐까?

봉숭아 물

손을 펼쳐 볼 때마다 기분이 좋아져

미니어처

손을 쓰면 머리가 말랑말랑해진대~

APR 9 TUE

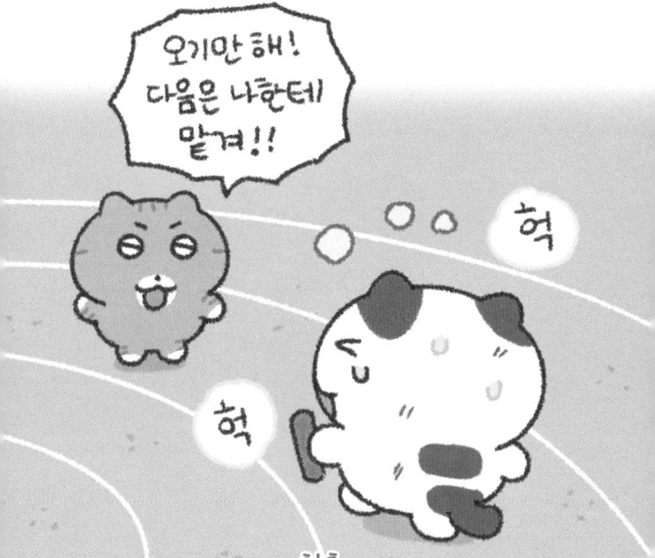

청춘

넘어져도 누군가가 지켜봐준다면

SEP **20** FRI

그렇다고 하네요.

그냥 다 잘될 거임

운세 보기
나온 대로 믿어보자고!

22대 국회의원 선거

APR **10** WED

투표

좋은 세상 내가 만들 기회

댄스

몸치여도 흥은 넘친다고!

요리

맛있게 만들고, 맛있게 먹기!

추석 연휴

SEP **18** WED

명상

산은 산이오, 물은 물일 지어다

12

APR   FRI

독서

다양한 사람들을 간접경험 해볼 수 있는 통로

추석

SEP **17** TUE

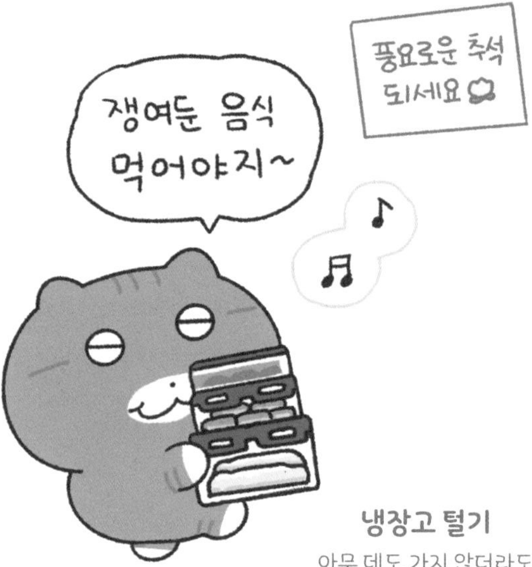

냉장고 털기

아무 데도 가지 않더라도
두둑하게 챙겨 먹자

APR **13** SAT

인사

오늘도 '안녕'하길!

사진 찍기

별일 아닌 것도 찍으면 다 추억

이산가족의 날

15

SEP · · · SUN

짜란~

베이킹

누군가를 떠올리며 만들면 더욱 즐거워

APR **15** MON

울고 싶을 때
펑펑 울어.

글썽...

생각
모든 걸 알고 싶으니까 어떤 생각이든 들을 수 있어

쇼핑
새 옷으로 기분 전환하는 거야~!

APR **16** TUE

안전

언제나 조심해! 걱정하고 있어

SEP

13

FRI

멍~

멍때리기

가만히 있는 게 아니고 머리를 청소하는 거랍니다

APR **17** WED

여가시간

순간은 흘러가도 추억은 영원해

SEP **12** THR

드라이브

머리를 스치는 바람에 내 고민도 날아가는 것 같아

APR **18** THR

봄비
무언가 내 마음을 남모르게 적셔도 나는 알지

조립

끝까지 해낸 노력이 대단해~

소통

너의 마음과 나의 마음을 전달해

티타임

취향이 같아서 계속 이야기를 나눌 수 있다니 행복해

장애인의 날

APR

20

SAT

방과후

서로 알려주면 더 잘 알게 될 것 같아

SEP **9** MON

운동
잡생각이 개운하게 사라졌네!

가족

내 마음 둘 곳을 찾아두자

SEP **8** SUN

LV.9999 베리

행복 +10000
즐거움 +10000
재미 +10000

LV.1 미니

LEVEL UP!

게임

재밌으니까 됐어!

정보통신의 날

APR 22 MON

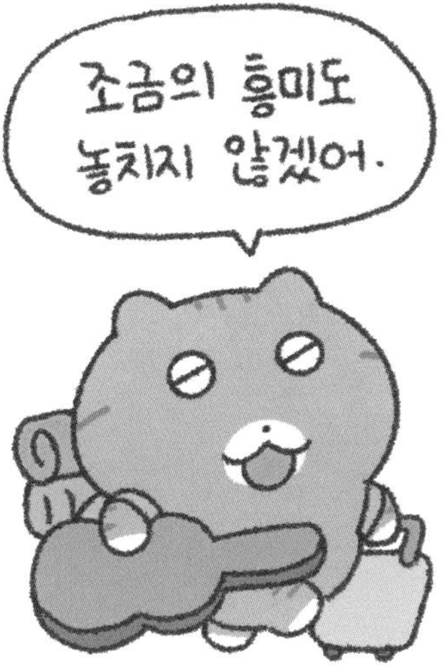

호기심

계속 흥미를 좇는다면 그게 내가 좋아하는 걸 거야

푸른 하늘의 날 / 백로

7

SEP   SAT

종이접기

접으면서 더욱 간절해지는 내 마음을 타고

APR **23** TUE

다이어트

실패하더라도 계속 도전하는 내가 좋아

SEP **6** FRI

여행

일이 많아도 어쩌겠어? 휴식 중인데~

APR 24 WED

어떤 게 더 괜찮아?

나는…

의논

때로는 다른 사람이 객관적인 판단을 해줘

SEP **5** THR

일기 쓰기
오늘의 감정을 차분하게 정리해보자

APR **25** THU

법의 날

문득
생각하는 마음이 얼마나 따뜻한지 느껴

SEP 4 WED

창작
내 안의 상상력은 무한하다고

APR **26** FRI

편함
우스꽝스러운 모습을 봤다면? 우린 친한 사이

편지

너를 생각하는 내 진심이야

APR **27** SAT

기쁨

슬픈 날이 있다면 기쁜 날도 찾아와

음악 듣기

음악은 세상이 달라 보이게 해

APR **28** SUN

평생

너와의 기억은 평생 갖고 갈 거야

산책
걷다가 종종 하늘을 올려다봐줘

APR **29** MON

순간

내 기억력이 약해서
사진으로 남겨두겠어

AUG **31** SAT

따라 하기

어느새 너는 내가 되고, 너는 내가 돼

APR **30** TUE

연락

귀찮아도 가끔은 날 떠올려줘야 해

AUG **30** FRI

느릿 느릿

인내

사랑하니까 기다려볼게

AUG **29** THR

미련
그때의 나는 최선을 다했으니까 괜찮아

MAY 2 THR

소풍

도시락을 열어보는 마음으로

상담

속에 있던 걸 말하는 것만으로도 마음이 풀릴지 몰라

AUG **27** TUE

여유
계속 쫓기듯이 살면 이 즐거움을 알지 못해

MAY 4 SAT

짱이다!

식물원

다양하게 공존하고 있다는 사실이 신기해

AUG **26** MON

소감
느낀 점을 자주 말해봐야 감상이 풍부해져

어린이날 / 입하

MAY **5** SUN

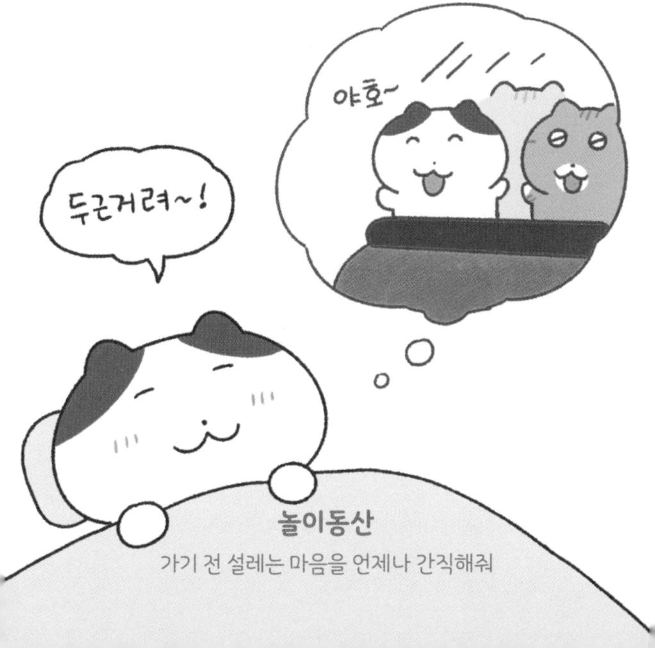

놀이동산

가기 전 설레는 마음을 언제나 간직해줘

헌신

끊임없이 사랑하는 마음이랄까

My Sweet Home

집
뭐니 뭐니 해도 집이 최고

성실

내 장점은 바로 성실함이야!

노력
그런 모습만 봐도 마음이 풀릴 때가 있어

어버이날

MAY **8** WED

음식점

먹는 것보다 이렇게 다 같이 나오는 게 좋아

처서

AUG 22 THR

친한 친구끼리도 싸울 수 있어.

먼저 서로가 느낀 감정을 이야기 해 봐.

이해

네 입장과 내 입장을 둘 다 이해해보자

운동장
오늘도 친구와 많은 추억을 만들어봐

AUG 21 WED

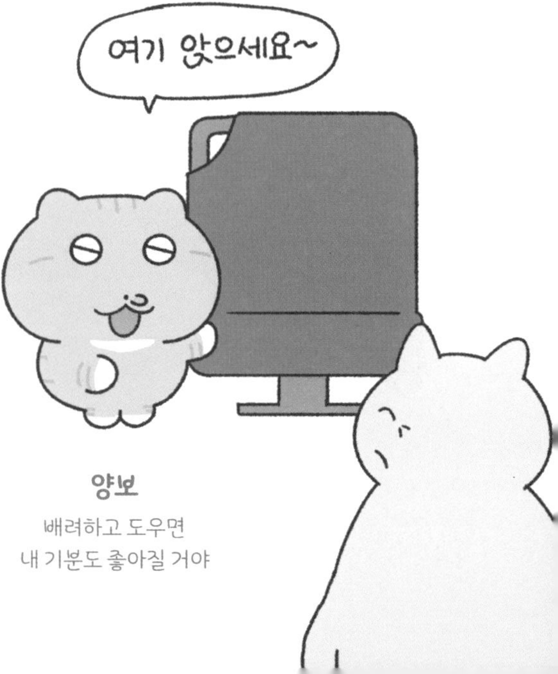

양보

배려하고 도우면
내 기분도 좋아질 거야

MAY

유권자의 날 / 바다식목일

10

FRI

기죽지 말고, 당당하자!

바다
마음에 걸려 있던 것들을 시원하게 풀어버려

AUG **20** TUE

낮잠
너무 피곤할 때는 잠깐 쉬었다 해도 돼

MAY **11** SAT

미용실

두근두근~ 가장 빠르게 하는 기분 전환!

농담
분위기를 풀어주는 덴 이만한 게 없지~

병원

옆에 있어주는 것만으로도 큰 힘이 돼

친절
누군가에게 살아갈 힘을 주기도 해

MAY **13** MON

놀이터
아이들의 만남의 광장

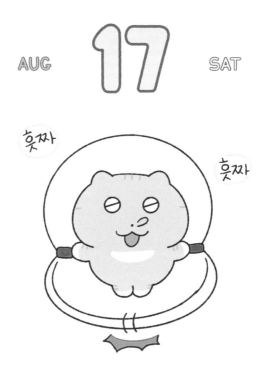

줄넘기
건강을 위해 오늘도 달려 달려!

식품안전의 날

MAY **14** TUE

빵집
누군가의 정성이 만들어지는 냄새야

나눔

쓸모가 생긴 물건은 더 행복할 거야

학교
즐거움 속에서도 감사한 분들을 잊지 말자!

광복절

AUG **15** THR

태극기를 달아주세요!

MAY **16** THR

노래방
목청껏 소리 질러 스트레스 풀자~

마트
구경하다가 한눈팔면 큰일이야

겸손
나를 사랑해도 너무 자만하지는 말자

18

MAY   SAT

맛집
이렇게 맛있는 음식을 먹을 수 있다는 것에 감사해

AUG 12 MON

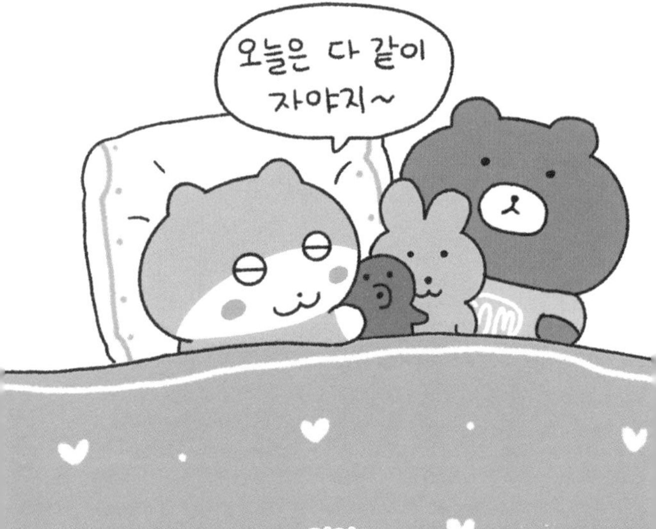

결정

작은 결정도 스스로 내리는 연습

AUG **11** SUN

이름 짓기

이름을 붙여준다면 더 소중해져

할머니 댁

계속 곁에 있어주세요

솔직함

솔직하다는 건, 너에게 진심이라는 뜻이야

목욕탕

묵은 때를 시원하게 밀어내자

목표

천천히 가더라도 끝에 도달하는 사람이 승자야

MAY **22** WED

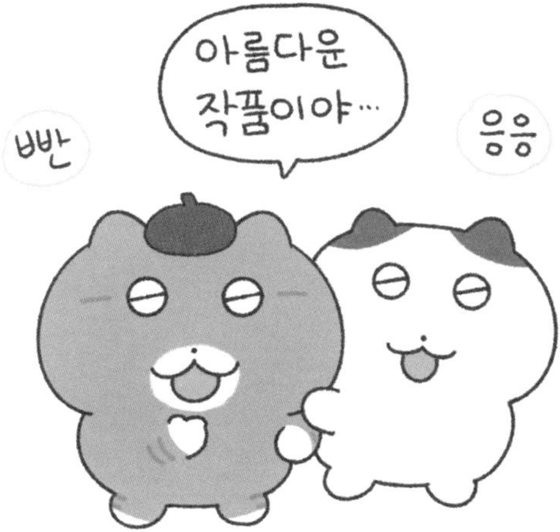

미술관

자유롭게 감상하고 느껴봐

AUG **8** THR

믿음
긍정적으로 생각해~ 할 수 있다고!

MAY 23 THR

교실

웃기도 울기도 힘들기도 했지만 그래서 지금 내가 있어

입추

7

AUG   WED

꽃
소중한 이에게 무심한 듯
꽃 한 송이 건네기

MAY 24 FRI

카페
가끔은 어른스러워 보일래

AUG 6 TUE

실천
머릿속으로 생각만 했던 걸 오늘 시작해보자

MAY 25 SAT

축제

일상에서 느끼지 못했던 신나는 분위기에 취해봐

AUG **5** MON

이탈

가끔은 착하지 않아도 돼!

관광지
우리 집 근처에 관광지가 있나 찾아보자!

AUG 4 SUN

MAY **27** MON

오락실
딱 기분 좋을 때까지만 즐기고 오는 거야

AUG 3 SAT

앨범 보기
마음은 그대론데
몸은 이렇게나 커졌네

MAY  28 TUE

공연장
열심히 연습한 것을 볼 수 있다니 영광이야!

AUG 2 FRI

피서

더위를 피해서 움직이자~

시장

오늘은 현금을 챙겨볼까나!

제안

오늘 같이 놀고 싶은 친구에게 먼저 말을 걸어보면 어때?

MAY **30** THR

새로운 풍경
새로운 마음

TTTC

기차

됐고, 우선 타보자!

JUL 31 WED

집밥

한 숟갈이라도 더 먹었으면 해

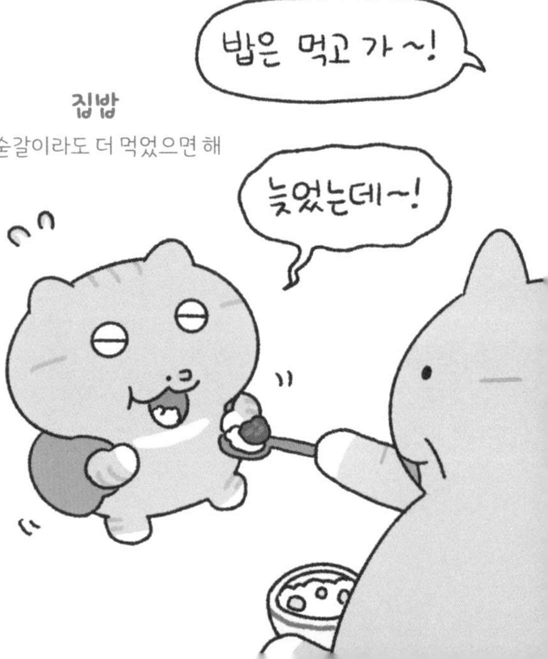

MAY **31** FRI

포근~

침대

세상 가장 안락한 곳은 바로 이곳이구나…

배달 음식

언제나 기다리고 있어요

쿠키

달콤한 거 먹고 기운 내자!

JUN 2 SUN

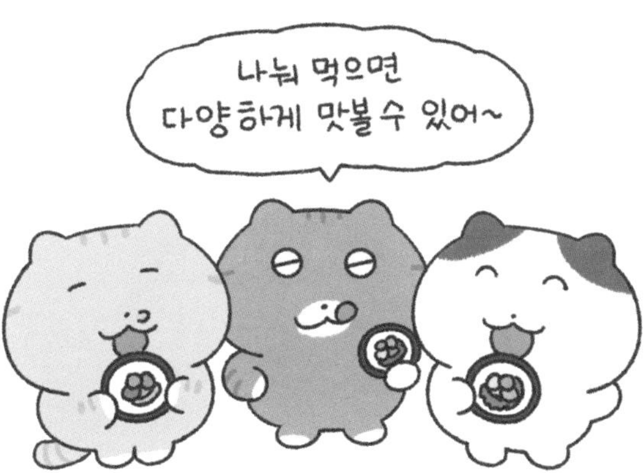

김밥

여행에 필수! 한 개만 먹을 순 없지~

JUL 28 SUN

먹으니까
기운이 나!

도넛
탄수화물은 정말 맛있어~

JUN

3

MON

똑

똑

소나기

실망하지 마.
덕분에 다른 장면을 볼 수 있잖아

JUL **27** SAT

음~좋다!

콩국수
슴슴한 음식을 즐기는 자가 맛.찰.알. 일지어다

JUN 4 TUE

보물찾기
분명 가는 곳 끝엔 찾던 것이 있을 테니

JUL **26** FRI

파르페

모양이 귀여우면 더 맛있는 걸까?

JUN · 5 · WED

시골

눈을 감고 가만히 주변의 작은 소리를 들어봐.
마음에 안정이 찾아올 거야

중복

JUL **25** THR

완벽한
한 입을 …

우동
오동통한 면과 시원한 국물이 일품!

현충일

JUN **6** THR

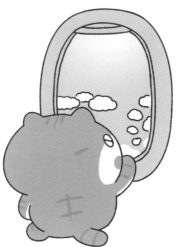

비행기
내 몸이 구름 위에 있다니 너무 설레~

JUL **24** WED

떡볶이
오늘 한 접시 하러 갈래

JUN 7 FRI

체험
직접 해보면 그 일을 더 존중하게 해줘

복숭아

물복숭아 한입 딱딱한 복숭아 한입

JUN **8** SAT

소동물
작은 친구들과 우린 공생하니까 잘해주자

아이스크림

아끼지 말고 얼른 먹어…

JUN 9 SUN

돌탑
소원들이 차곡차곡 이뤄지게 해주세요

추억의 맛···

토마토

설탕 솔솔 뿌려 먹어봐

기념품

여행 가면 꼭 생각나는 사람들이 있어~

JUN **11** TUE

후우~

비눗방울
나 대신 멀리멀리 다녀와줘!

비빔밥
참기름과 고추장에 쓱쓱 비비면 다 맛있어지는 마법

JUN **12** WED

물총
놀 수 있을 때 많이 놀자

만두
영양소로 가득가득 꽉 찬 만두를 와앙!

JUN **13** THR

모래놀이

신나게 놀다 보면 어느새 어두워지곤 해

잔디밭
탁 트인 곳에서 마음도 같이 넓어져

푸딩

탱글탱글 엉덩이 같은 달콤함에 빠져버려

JUN **15** SAT

가로등
어두컴컴한 거리를 비추는 고마운 불빛들이 있어

옥수수

알알이 옥수수 피리를 불어보자~

가방

이른 아침에도 설레서 눈이 번쩍 떠져

칼국수

면발을 후루룩 땀도 후드득~ 이열치열의 맛!

수영장
열심히 발버둥 쳐서라도 목표까지 가볼 거야

JUL **13** SAT

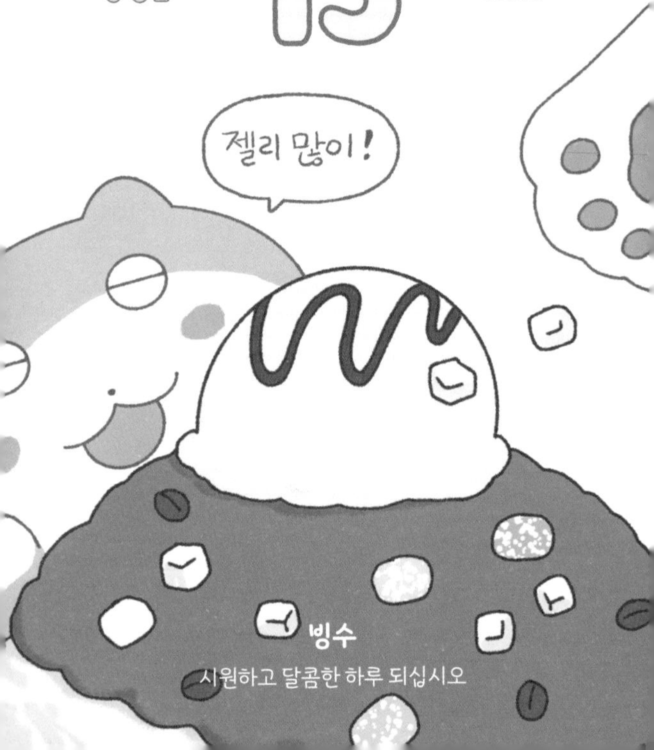

빙수

시원하고 달콤한 하루 되십시오

초록

숲으로 떠나는 이유야

JUL **12** FRI

자두

새콤하고 달아서 자꾸 손이 가

모기장
쫓기만 할 수는 없어

찬밥도~ 넣어 넣어~ ♬ ♪ ♬

라면

김치를 먹고 싶어서 먹을 때도 있지

아삭~

수박

시원하게 먹으면 더 맛있다~

짐

버거워도 내게 필요한 것들이야

된장찌개
더워도 밥 한 그릇 뚝딱하게 돼

JUN **22** SAT

해수욕장
- 시간 가는 줄 모르고 놀았네…

물
다 필요 없어! 시원한 물이 최고야!

JUN **23** SUN

이거?

밤하늘
별을 따다 달라면 따줄게

옆에 거~

JUL 7 SUN

건강해지는 맛~

샐러드

매일 싱싱한 채소를 챙겨 먹자구

JUN **24** MON

수첩

먹었던 것과 보았던 것,
여러 감정을 써둔다면 미래의 내가 재밌을 거야

소서

6

JUL   SAT

앗…!

김치볶음밥

김칫국

김치

김치
김치로 만든 건 다 맛있으니까~

영화제

너라면 어떻게 할 거야?

JUL 5 FRI

케이크

특별한 날이 아닐 때 먹는 케이크가 더 맛있다!

JUN **26** WED

한옥
뜨끈뜨끈~ 아이구 좋다 소리가 절로!

꿀

어디든 다 잘 어울리는 꿀 같은 사람이 되자

JUN **27** THR

배
오늘의 파도를 잘 헤쳐 나가자

JUL WED

과자

입에 쏙쏙 넣어주는 게 게임보다 재밌는 걸

철도의 날

JUN **28** FRI

델리만쥬
여행의 시작과 끝이라고 할 수 있지

피자
뜨거울 때 쭉쭉 늘어나는 치즈가 정말 좋아

스티커 사진
우리의 행복한 오늘을 남겨놓자

슬러시
쪽 빨아먹으면 뒷골이 쨍~

집중
아무리 사람이 많아도, 네 목소리는 들을 수 있어

하반기

7월 1일 ~ 12월 31일